行吟集

刘双立 著

北方联合出版传媒（集团）股份有限公司
春风文艺出版社
·沈 阳·

图书在版编目（CIP）数据

行吟集 / 刘双立著 . — 沈阳 : 春风文艺出版社，
2021.3（2022.2 重印）
ISBN 978-7-5313-5943-2

Ⅰ . ①行… Ⅱ . ①刘… Ⅲ . ①诗集—中国—当代
Ⅳ . ① I227

中国版本图书馆 CIP 数据核字（2021）第 037926 号

北方联合出版传媒（集团）股份有限公司
春风文艺出版社出版发行
http : //www.chunfengwenyi.com
沈阳市和平区十一纬路 25 号 邮编：110003
永清县晔盛亚胶印有限公司印刷

责任编辑：韩　喆　　　　　　责任校对：陈　杰
装帧设计：杨光玉　　　　　　幅面尺寸：145mm×210mm
字　　数：100 千字　　　　　印　　张：5
版　　次：2021 年 3 月第 1 版　印　　次：2022 年 2 月第 2 次
书　　号：ISBN 978-7-5313-5943-2
定　　价：48.00 元

代序一

情到深处自然浓
——读刘双立诗集随笔

周锦文

双立将《行吟集》打印的诗稿交给我的时候，我一是惊讶，二是惊叹。惊讶的是，他去年刚刚出版了一本古风诗集，今年又如此之快要出第二本；惊叹的是，除了速度之快，还有诗稿的质量。这让我又一次感到"世事洞明皆学问，人情练达即文章"这句话的意义所在。

"下雪了！北京下雪了！"在北京鲁迅文学院宿舍楼，前来参加 2019 全国文学内刊年会的来自全国天南地北的文学内刊的主编，几乎倾巢而出，齐奔楼下，尽情享受老天带来的这份难得的惊喜。

我却端坐在电脑前，思考着如何来写阅读双立诗集《行吟集》的感想，因为这是我事先答应过的，必须完成。

由于我是这本古风诗集的收集整理者，所以对这本诗集就有了比较深入的了解。可以这么说，《行吟集》其实就是双立退休生活与心路历程的真实写照；也可以这么说，《行吟集》也是双立剖析社会、解读人生的结晶，凝结着他的无数心血。我每当阅读这本诗集的时候，就会觉得双立所写的古风格调高雅，情感真挚，立意朴实，既体现了古风的声韵美，又映衬出现实生活给古风注入的勃勃生机。

以情寄兴、以情入诗、以情化人，是双立这本诗集总的基调。诗集分为"情景交融""闲情逸致""高情远意""情意延绵""情牵梦绕"五个单元。双立的这些诗，看起来平平淡淡，普普通通，没有什么过人之处，却是他真情实感的自然流露，因此就显得尤为可贵。

双立不以诗谋名，写诗不过是他表达情感的一种方式，也是一个人成为诗人的基础和前提。无论花草树木、大好河山、社会万象，还是友人唱和、独立思考，他都以纯粹的、超然的、朴素率真的姿态展示自己的情感历程，我们从中读到了他对大自然的欣赏和敬畏，读到了他交朋结友的坦率和真诚，读到了他对故乡故土的亲情和眷恋，读到了他面对新生活的乐观以及步入老年的豁达，读到了他写旧体诗的乐趣和毅力。

"摇树风施手，侵路雨追人。呼啸河上岸，悠然山藏云。"（《入夏》）"风起细浪涌，月穿微云行。孤村挂石壁，数峰插水中。"（《与向阳先生月夜泛舟》）"三山无言引我来，两水絮语伴君流。一池独自居山谷，百花无边开上头。"（《清明出行》）这些诗句，对仗工巧，象征手法运用自如，有极强的画面感，含蓄而隐秘地表达了诗人内心的活动和思想感情，并未见生僻艰涩的字或词语。准确地表达诗意是求本，单纯地追求修辞是求末。故文辞平易而意境深远，应属深得诗道者。总之，在格律无误的前提下，尽可能将诗写得形象生动，用语既要典雅又要畅晓，以雅俗共赏为佳，力求内容与形式的完美统一，这样的诗方能耐品且叫人喜读。

应该说，双立的写景诗在这本诗集中略高一筹。在诗人的笔下可谓一句一景，且每个画面均有特色。诗人是在借景抒情，表达对大自然的无比热爱。"碧海随云暗，青嶂抱月明。"（《晚秋观海》）"天尽云水处，菊岛枕浪涛。"（《晨望远海》）"多峰入云端，数塔出霄汉。"（《登白狼山最高峰》）。"渤海装杯盏，白狼走泥丸。"（《登大面山绝顶》）这些诗句看似诗人信手拈来，顺口溜出，但其"功夫在诗外"的能力和道理不言自明。

"人辞落照里，风起波谷间。舟移乡思里，雁鸣客愁边。水急寻海抱，山飞愿云缠。从此东南望，君去应有年。"（《江上送客》）这首诗，表面上看，似乎写的是一己的小经历、小感触、小情调。实际上，它却有着深广的社会内涵。它的每一行文字，都像清风掠过江面一样，会在曾有送别经历的人们心上激起涟漪，引起广泛共鸣。

"君来春相接，君去秋同行。叶落山偏瘦，水凝河见冰。松柏共欺雪，杨柳争宠风。老友孤鹤影，今夜到洛城。"（《秋日送友去洛阳》）这首诗的主题也是送行。前六句写送行的情景，用"叶落""水凝"来交代送行的时节，但如果没有后两句的转和收，就仅仅描写了风景。后两句写送行时的挂念和忧伤，是抒情。"老友孤鹤影"的点睛之笔，把感情发泄出来，使读者感慨万千，为之动容。

每个人都有自己的故乡，每个人心中都有一抹挥之不去的乡愁。《行吟集》一书不仅有诗人对乡园故土的抒情慨怀，还对地域文化的当代探索做了很好的尝试。"鸟宿杨树干，羊归牧人鞭。"（《晚次山村》）"入村逢老叟，相惊各问年。"（《故乡情》）"鸡鸣东山曙，犬吠北地秋。"（《北地村早望》）"花生暗孕宝，大豆悄含珠。"（《山村早秋》）诗人关注农村不同的生活情景，一个镜头一个镜头地抓拍，一个细节一个细节地再现，给人以活灵活现、栩栩如生的惊喜。

事实上，写诗就是写时代、写人生。一本小小的诗集，可以包举宇宙；一个心灵的窗口，可以气吞山河。这也许就是双立这本诗集给我们的一种哲理的启示，一种审美的愉悦。在这本诗集里，他是诗的象征，诗是他的表现。从某种意义上看，他和诗、诗和他已经融合为一体。自然、历史、社会、人生，无一不在他的观察和凝思之中。

"大笑三声事乃成，高歌一曲且登城。成事绝非三分力，成城岂是一日功。"（《无题》）"观书漫古今，吟诗秋复春。不问人间事，耕读自乾坤。"（《读书》）两诗将深刻的哲思融于司空见惯的日常情境之中，立意高远，意象鲜明，语言流畅，结构完整，一个深沉、睿智、通达的智者形象跃然纸上。

"破晓看桃一枝开，便知春色八方来。"（《东风引》）"日暖鸣蝉乱，风过香荷翻。"（《小满有感》）"飞霜锁深院，落叶侵闲亭。"（《晨起路行》）时序的更迭、气候的变化、风物的轮回、景致的反转，在双立的笔下都化作了对人生的一种感知感悟。

收集整理双立这本诗集的过程，对我来说，既是学习古典文学的有利时机，也是一次高档次的精神财富的享受过程。在一天喧嚣繁杂的生活之后，独自坐在书桌前，伴随着荧荧灯光，翻开双立这本诗稿，对着窗外明朗的月色，默读或吟咏这些诗句，仿佛正跟随双立引领的方向，欣赏自然，阅览社会，解读生活。我知道，这是我一边品味读诗的韵味，一边领悟人生冷暖的极好机会。

我们知道，一首好诗总能让人感受到内在的力量，读过之后回味无穷，其深度与广度是吸引读者的关键之所在。我读双立的诗作，心情总是不能平静，诗人对自然景物和生命景象的敏感，渗透的是诗人的自我审美意识，是与诗人的情感状态、诗艺修炼、独特视角紧密相连的。诗人书写的每一个意象、每一种色彩、每一句哲理，其实都是诗人自我观察、欣赏、思考的外化过程，最终实现了精神的升华和诗意的升华。

现实主义是双立古风书写的主体风格，其所传达的正是当下文坛急需观照的正能量。与某些"端起碗来吃肉，放下筷子骂娘"的作者相比，双立要儒雅得多，高尚得多。当然，双立所写的古风在题材上相对较窄，在主旨深度的开掘上还不够独到深刻，在遣词造句方面还有待下一番功夫，在炼字立意上还有较大的提升空间。我相信，在双立孜孜不倦、持之以恒的探究之下，一切都会"百尺竿头，更进一步"。

作为多年的朋友，我一直关注双立的诗歌创作，曾经读过他的很多作品，被他那清新质朴的风格所吸引，共同的爱好让我们成为文学路上彼此的知音。此刻，在北京鲁迅文学院飞雪敲窗的夜晚，欣赏着双立的诗稿，如同品一杯清香的茶，诗中浓郁的生活气息，让人感到非常亲切和舒畅。作为同样把阅读、写作视为一种生活方式的我，真诚地祝福双立在诗歌之内和诗歌之外都生活得真实精彩，也期待他的诗歌创作抵达新的境界和高峰。

寄语诗和远方，希望可以经常看到双立的身影。

2019 年 12 月 15 日

于北京鲁迅文学院 409 房间

（作者为中国作协会员、高级记者）

代序二

刘抚兴

双立新诗集《行吟集》即将付梓，嘱予作序。其实以我之才疏学浅，很难堪当此托。但因双立近年笔健，恰逢创作第二高峰期，连续出版几部诗集，能为双立写序的人都已经写过，作为双立多年诗友，又是同庚的我，理所当然为双立的诗说几句话。尽管文笔粗陋，对双立的诗理解体悟得也不一定到位，还是要勉为其难地略写一二，以表达对双立新诗集的感佩和敬仰。

一

因诗为友，因诗长期相交，从朋友看我和双立算是其中之一。正因为此，我对双立的文学之路还算了解，对其诗歌创作的基本脉络也算清楚。追根溯源对读懂诗歌、读懂诗人大有裨益。从帮助大家解析诗集、读懂诗歌的角度出发，将我与双立诗歌交往情况向大家介绍一下。

20世纪80年代初，我和双立都还是青涩的文学青年，相继从师范学校中文科毕业。我当时分配到距兴城古城西北15公里的三线军工企业中学做语文教师，双立则到新成立的《兴城报》任文学副刊编辑。我教书时仍在做文学梦，不时写个小诗投投稿；双立做文学编辑如鱼得水，工作激情高昂。恰因如此，在双立主动联系下，我们两个同庚的青年诗人开始了长达40年的交往。那时双立以写新诗为主，是地区非常有名气的青年诗人，我们这些业余文学爱好者都羡慕地尊称他为老师。可每当此时，他都极力拒绝，说我们都是诗友，是朋友。从那时起，诗友、朋友成为他文学和生活的根基，深深刻在骨子里。不信你看看这本诗集，里边写思念朋友和朋友之情的诗占了很大一部分。

当然年轻时的双立和许多青年人一样，非常喜欢现代诗歌，写了许多和那个时代相契合的新诗。不少优秀诗篇发表在《辽宁日报》《辽宁青年》《锦州日报》《启明》等报纸杂志上，成为当时地区一颗冉冉升起的文学新星。可惜双立在兴城报社仅仅待了五年，便调到县委组织部门，后又相继任市委办科长，绥中县县委副书记、纪委书记，市工商局局长、党组书记。

一路下来 30 多年，文学梦、诗歌情一直被窖藏。双立也从激情的青年诗人，变成了老成持重的领导干部。2016 年，双立从葫芦岛市工商局局长岗位退休，除却铅华，又显露他诗人的本真。

其实在这之前一年，双立就支持帮助葫芦岛市作协和兴城市作协共同创办了辽宁省首家内部刊号的纯文学诗刊——《辽西风》。

《辽西风》办刊近五年时间，共出刊 28 期，发表了全国 100 多位著名诗人的优秀诗歌作品，在辽宁省乃至全国产生了重大影响。双立作为编委会主任，对诗刊的发展起到关键作用。

在这段时间，双立的诗歌创作恢复到鼎盛时期，出现了文学第二春的现象。新诗旧体诗不时出现在《诗潮》《海燕》《满族文学》等刊物上，并连续出版了《流淌心底的歌声》《短笛横吹》等几部诗集。他由写新诗向写旧体诗转变，诗风愈加洒脱、恬淡，古朴清新，寓深于浅。

二

双立退休后由写新诗转向写旧体诗（准确地说，是古风体），是有其客观基础和主客观因素的。这些因素和基础使他的古风体创作不仅成为可能，而且推陈出新，自由洒脱，词浅理深，不落俗套，写境造境，自成一派。

双立说，他之所以喜欢文学，钟爱诗歌，是因为当教师的母亲从小对他的教育和影响。这和许多有成就、成大器的人从小受母亲影响是一致的。双立年幼时一直跟母亲一起生活在农村，当乡村教师的母亲对他的要求和教育十分严格，双立从小就能背诵楚辞、唐诗、宋词等大量古典诗词。母亲的循循善诱和悉心辅导，加深了他对古典文学，特别是诗词歌赋的理解，激发了他对古典诗词的兴趣。不仅阅读背诵古典诗词，还萌生了独立创作旧体诗词的想法。俗话说，熟读唐诗三百首，不会作诗也会吟。双立正因如此，在旧体诗创作上得心应手，厚积薄发，日月江河，诗如泉涌。仅仅三年时间，写诗近千首，几乎每日必诗。

受时代影响，双立年轻时主要写现代诗，并颇有成绩和影响。但因多年担任领导干部，不容分心，藏匿心头的文学之火不得不长期压制，甚至熄灭。

这几十年正是中国改革开放的几十年。由于思想的解放，新诗发展潮流起伏跌宕，表达方式和方法不断发展和创新，让本来站在诗歌前沿的他被甩到了后边。

一梦醒来，世界已经变化。想追赶，无奈已心有余而力不足。恰好多年沉潜，让双立积累了大量生活经验，丰富的阅历对社会的判断和认识，自然是入木三分，深刻尖锐。这恰好适应旧体诗的咏物抒情、借诗言志的写作特点，加上深厚的古典诗词基础，使双立的旧体诗词创作具备了充分条件。一旦执笔，便会诗泉涌浪，势如江河。又因其新诗写作的基础，语言的跳跃和通俗成为其诗歌语言的两大特点。他的诗不受旧体诗语言和表现方式的束缚，诗中含义更适合现代人阅读和理解。许多小事，信手拈来，几句成诗，言简意赅，发人深省。

因受其新诗写作的影响，双立在旧体诗创作中，跳出了传统方法的窠臼，借鉴新诗写境造境的写作方法，充分发挥经验和想象，不求文本艰涩，但求诗意深刻。读双立的诗不生涩，不呆板，语言浅显灵动，轻松自由。许多人喜欢双立的诗，其原因盖出于此。

三

按照一般序言套路，下边该说说双立这本诗集的特点和风格了。我也不会脱俗，下边我就按照自己的阅读体会具体说说双立这本诗集的总体特色和风格特点，给大家一个初步印象，以便深入阅读诗集。

双立退休之后连续出版了三本诗集。第二本为旧体诗集《短笛横吹》，收录他2018年所写古风近400首。第三本诗集《行吟集》，收录古风300首。

从这三本书收录的诗歌数量看，双立近几年诗歌创作几乎达到了癫狂状态，这种状态下创作的诗歌是不是会滥竽充数，良莠不齐呢？回答是否定的。

我反复读了刚刚提到的两本诗集，感觉双立的诗几乎首首都是上品。词如珍珠，语如飞虹，佳句名篇，比比皆是。单从这本诗集的风格特点来看，我还是赞同《短笛横吹》序言中对双立诗的评价。"双立的诗，大多都自由洒脱，用字浅显，通俗易懂，自成一格。写生活历程，记录人生思想脉络，有大丈夫气概。语气灵动，语言流畅真挚，游走于心，启迪读者心智。""双立的诗，放浪形骸，肆无忌惮，自由自在，恬静婉约，既平铺直叙，也雕琢特色。他的诗幽默、直观，直达人性深处，多直抒胸臆之作，读来令人舒畅。"

在这本诗集中，以上评价均有体现。如"白日从远看，青山皆近来。枫叶选地落，菊花无主开。"（《登高》）"河流鱼虾满，田亩稻谷丰。花香蜂蝶舞，鸟鸣草树声。"（《新城感旧》）"远山挂雪鬓，近水着冰身。鸥鸟各为主，花草孕更新。严冬不凛冽，谁还望阳春。"（《冬日河畔亭上作》）语言清浅，干净利落，诗意灵动，触动人心。诗人主观意念蕴含诗中，读者自然心领神会。

由于双立的古诗词根底深厚，诗歌创作得心应手，常常信手拈来，口占绝句，于景于情，情景交融。他的诗多看似平常语，却总能让人读出味道和哲理来。"六十韶光只须臾，坝上柳老不抽丝。

青山能去河改道，人生只有情难移。"（《坝上怀友》）"东风浩荡频送春，桃李杏梨次第新。花开花落寻常事，一如荣枯世上人。"（《东风引》）时光易逝，坝柳别情，江河改道，青山可移，人生却有情难移。花开花落寻常事，荣辱炎凉情理中。见景生情，看似平常语，却能动人心。

从双立的诗中不难看出，他的诗大都是即兴而作，信手拈来，口占而成，如闪电火花，瞬间绽放，光芒闪烁。

比如《山寺遇雪》"大雪漫空来，触地梨花开。……日暮风摇寺，松声万壑哀"，在山中寺院突然遇上下大雪，突然触及诗人的灵感，不假思索，脱口而出，口占一诗。画面感非常强，让读者也身临其境，茫茫大雪漫空而来，大地立刻开满梨花。大有"千树万树梨花开"的景象。

同样是途中遇雪，双立在另一首诗中却是这样写的："举目天下白，一色望无涯。林低因雪虏，车缓缘路滑。"这次遇雪可能没有上次那样突然和气势，所以诗句就没有那股气势。时间可能在雪后，"举目天下白，一色望无涯。"林木好像低矮下来，是大雪压枝的缘故。车走不起来，也是因为雪天路滑。

平平淡淡几个诗句，既将自然情景描写出来，也写出了诗人无奈的心情。这里没有刻意的诗句，完全是诗人信口而占。深厚的古典诗词根底，让他张口成诗，抒发胸臆。

纵观双立所有古风体诗歌，大部分是写景抒情，登临思远，怀思念友之类。也有少量的读史思今，感慨人生之作。

2020年春季新冠肺炎疫情，双立饱蘸对祖国对人民的深厚感情，写出了《问月》等几首抗疫诗。

我在前边说过，双立在诗艺上借鉴新诗写法，特别是新后现代诗的造境写法，使其诗的景物描写更切合诗人心情表达。

比如《晚过山林》一诗："欲寻岭上村，随路到白云。过风惊飞鸟，落日恐行人。急泉走崖口，鸣钟出寺门。上桥闻犬吠，炊烟顿觉亲。"我虽然没有随双立同行，但如诗中写的山村，在我们葫芦岛是找不到的。这里的景物显然是作者根据当时的情景想象、造化出来的。

在这本诗集和上一本《短笛横吹》中，类似造境的诗比比皆是。而正是这种造境，使诗更具有艺术美，更能体现诗歌所抒发的情感，更能使诗意润染人心。

旧体诗的造境不比新诗，可以完全用想象创造具体完整的诗歌境界。在短短几句诗中描写一个诗的境况，多么难能可贵。这需要有多么恢宏的想象思维，像雄鹰一样展开翅膀，凌空翱翔。

在这本诗集中，双立吟咏友情的诗占相当大比重，说明退休在家的他对几十年来建立的朋友之情特别珍视，表达了他对自然恬静生活的向往和追求。这也符合人生发展的规律。我们从这一类诗中，可以清楚地触摸到诗人思想心路的脉搏。诗中优美自然的诗句，恬淡清净的境界，都会对我们的心灵进行一次启迪和洗涤。

当然，双立的诗也不是至臻至美，完璧无瑕的。虽然有清新自然的特点，大有陶渊明"采菊东篱下，悠然见南山"之风范，但个别诗还是存在过于简单、不拘格式等问题。但瑕不掩瑜，好诗还是好诗。愿双立在这条诗歌路上行健而致远，不断创出名篇佳作。

因为我也早已年逾花甲，又有家事烦累，一篇文章写得断断续续，不知说没说到位。好在有诗集在。希望大家在诗中领会双立的优美诗句，从中汲取美的养分。

是为序。

2020 年 7 月

（作者为中国作协会员、葫芦岛市作协名誉主席）

目 录

情景交融

海河大桥 [1] 远眺

出城车任意，临海路有辟。
风歇鸟飞缓，日落潮退急。
深港浪化雪，远山云筹雨。
凭栏且东望，好月上山隈。

冬日晚登兴城钟鼓楼 [2]

四面杨柳绕城环，十里长街楼阁连。
雪欺南河冰无语，风撼首山 [3] 树有言。
寂寂古城 [4] 入岁晚，凄凄荒村坠暮寒。
万类俱静归夜幔，飘忽过鸟一声喧。

---

1 海河大桥，位于兴城市城区南端，因比邻兴城河入海口，故以海河命名。该桥长约 397 米，为四跨连续独塔自锚式悬索桥，也是辽西地区第一座悬索桥。

2 兴城钟鼓楼，位于辽宁省兴城古城正中央，建于明景泰五年（1454），是全国重点文物保护单位，国家 4A 级旅游景区。

3 首山，介于兴城古城和兴城海滨之间，又名三首山，是国家森林公园。

4 古城，即兴城古城，是中国十佳古城，现为我国保存最完整的四座古城之一。位于兴城市老城区中心，是全国重点文物保护单位。

夏日登山感怀

七月气象阴转晴，万方风物晦还明。

冲天雄鹰穿云渡，弄潮健儿踏浪行。

辽水[1]雨来吞四野，闾山[2]云去出重城。

试望故乡何处是，远天一点宁远[3]城。

风中游"三礁览胜"[4]观海

风起昨夜竟无眠，云生今晓堆满天。

暴雨欲来河愁窄，洪水如泻海笑宽。

路边柔柳甘俯首，峰顶劲松挺依然。

老叟闲为"三礁"伴，万顷波涛独凭栏。

---

1 辽水，即辽河。中国东北地区南部大河。流经河北、内蒙古、吉林和辽宁4省区，在辽宁省盘锦市和营口市注入渤海。

2 闾山，全称医巫闾山。古称于微闾山、无虑山、医巫虑山、扶梨山，今简称闾山。位于辽宁省锦州北镇市境内。

3 宁远，即辽宁省兴城市。清代称宁远卫、宁远州。

4 三礁览胜，兴城海滨风景区景观。由三座栈桥相连的三个礁石组成，是观潮听浪、观赏日出的好去处。

登望海楼 [1]

十年得登楼，竟日不思还。
观潮去远海，看云过他山。
白鸥冲霄汉，轻舟射港湾。
欲归风相送，独行夕照间。

晚登三山 [2] 还望碣石宫 [3]

雨后山河净，逶迤城阙重。
云散众山出，潮落一海平。
满眼新柳绿，半楼夕阳红。
遥望烟波处，应是碣石宫。

---

1 望海楼，位于兴城海滨兴海公园，楼高 13 层。

2 三山，又称三女峰。位于辽宁省绥中县范家乡境内。
三峰并立，高耸入云。主峰海拔 710 米，峰峦奇伟，形
如笔架。

3 碣石宫：碣石秦汉遗址群。位于绥中县的止锚湾海
滨，西距山海关 15 公里。1988 年被列为全国重点文物
保护单位。

滨海行纪事

处处有风景，驱车滨海行。
坚冰菊岛[1]绕，淡雾首山拥。
沿路兴古镇，依河起新城。
海鸥应识我，召唤远来迎。

上莲花寺[2]

何处莲花寺？缥缈云水间。
一河涨微澜，孤峰生轻寒。
偶见香客至，时闻车马喧。
不觉日色暮，晚钟云外残。

登兴城钟鼓楼

兴城名后起，宁远为先驱。

---

1 菊岛，即菊花岛，俗称大海山，是辽东湾最大的岛
屿。唐宋时称桃花岛，辽金时称觉华岛。因岛上盛开野
菊花，民国十一年（1922）改为菊花岛。2009 年改为
觉华岛，是国家 4A 级风景名胜区。
2 莲花寺，位于辽宁省葫芦岛市连山区杨家杖子莲花
山。又名圣水寺，始建于清康熙五十三年（1714）。

房屋多新建，榆柳是旧时。

袁公[1]毁反计，努氏[2]折红夷。

忠奸殊难辨，史家到今疑。

重登古城钟鼓楼

重镇扼辽东，登楼四望空。

南河绕玉带，北岭横翠屏。

渤海举舟楫，古城卷旗旌。

追忆当年事，洒泪忆袁公。

晚秋观海

秋日今诚请，扶栏上晚亭。

碧海随云暗，青嶂抱月明。

近岸横高速，远天没雄鹰。

衰迟无所用，归伴读书灯。

---

1 袁公，袁崇焕。字元素，广东东莞人。明朝末年蓟辽
督师。

2 努氏，努尔哈赤。清朝的奠基者，后金的开国之君。

早登首山烽火台 [1]

报道春欲行，登高试相迎。
城邑横地起，海潮兼天涌。
凝碧河仍梦，吐青山渐醒。
万物默默等，只待惊雷声。

登高远眺有述

只身越叠嶂，登高顾八荒。
阵雨投浩渺，孤雁入苍茫。
燕山 [2] 上云高，辽水去海长。
碣石宫安在? 怀古一沾裳。

---

1 烽火台，又称烽燧、烟墩、墩台。位于首山之巅。系
古代点燃烟火传递重要消息的高台，古代重要军事防御
设施。

2 燕山，位于北京市北部地区，战略要地，中国北部著
名山脉之一。

六股河 [1] 桥头四望

十年不了情，百里不计程。
河疾向东去，云汹尽北征。
遒风推树醒，紫燕穿桥惊。
今日遂愿景，只是无人同。

晨望远海

远望需及早，登高入云表。
心随长空鸟，情逐瀚海潮。
百河争拼远，千山竞比高。
天尽云水处，菊岛枕浪涛。

谒山中寺院

百花开从容，次第降落英。
草树几时盛，依序归飘零。

---

1 六股河，辽宁省兴城市与绥中县界河，又名蔇集河，
汉代称"封大水"。辽西地区三大河流之一。

始皇¹安在哉？骊山²土一封。

黄河尚有断，昆仑岂无穷。

沧海身已老，长城步龙钟。

何如山中寺，清静度平生。

早登首山

登临缘何事，首山念老身。

涧底青松挺，峰顶白云深。

菊岛疑上岸，斜日欲近人。

半月未出门，始觉物华新。

秋上雁落山³望东海

万里不停歇，两水此一握。

秋江多寒雨，沧海尽老波。

归船深港泊，去雁远天没。

高速连万国，城乡两边多。

---

1 始皇，秦始皇，秦朝的建立者。

2 骊山，位于陕西省西安市临潼区，是秦岭山脉的一条
支脉。

3 雁落山，位于绥中县境内。

登锥子山长城[1]箭楼西望

小村居岩边，石屋傍碧泉。
箭楼近白日，女墙凌苍山。
声微远群雁，影乱渺孤帆。
苍苍暮霭起，独自下寒烟。

观东海[2]感赋

我来东海边，心逐波浪翻。
三山举明眸，六水拨清弦。
碣石立何苦，所城老谁怜。
只恨盛夏短，繁华若云烟。

游莲花山圣水寺

悠悠远凡尘，袅袅卓不群。
古井涌圣水，莲花捧祥云。
繁花吐香气，众鸟递妙音。

---

1 锥子山长城，位于绥中县永安堡乡西沟村。始建于明
洪武十四年（1381），目前还未被开发。
2 东海，即渤海。因位于兴城古城东侧而得名。

佛门尚未进，已知禅意深。

跑步滨海公路

速跑步八千，直到东海边。
树鸟声点赞，晨风手拭汗。
车流眼前过，楼群身后闪。
谁与我争先，翩翩双飞燕。

登白狼山[1]最高峰

多峰入云端，数塔出霄汉。
来访水浩浩，晋见山绵绵。
力攀不说难，绝顶再无险。
从来问佳景，多有行路难。

夜宿山寺

峰高耸极天，寺危绝壁连。
疏木繁星缀，微风孤月悬。

---

1 白狼山，指辽宁省建昌县白狼山，辽西第一高峰。

深谷泉声隐，极顶雁宿安。

四山松风啸，倚树一僧寒。

秋日游古城遇雨

古城已老矣，秋雨又相摧。

驿馆[1]客商少，街道车马稀。

督府[2]旗不举，鼓楼鸟空啼。

日暮凄风起，萧萧不胜悲。

复登兴城钟鼓楼兼怀袁崇焕将军

宁远可记否，公曾登此楼。

号令三边靖，挥剑八方收。

英雄一垂顾，胜迹百代留，

今听南河水，含泪日东流。

---

1 驿馆，古代的旅店。此处指兴城古城内"宁远驿馆"。

2 督府，指兴城古城内"蓟辽督师府"。

古城街行

半月门不出，今日古城游。
街道满商铺，阡陌挤车流。
槐花开且落，柳絮下还浮。
万方争日月，老叟复何如。

山中寺有作

寂寞一古寺，安闲两老僧。
屋宇宿花影，树木醉鸟鸣。
峦山云不竞，归涧雨相争。
即此入禅定，静听暮天钟。

滨河道中

百代河流寻无踪，千载黄沙见底空。
不尽青草连天远，有数鱼蟹只海容。
岸柳低首忆旧梦，白鹭飞来何处停。
苍天几点伤心雨，送与游人和泪零。

登首山烽火台四望有怀

出门情满怀，移步古城外。
柳絮飘飘落，槐花隐隐开。
天意高难问，海思深谁猜。
新晴堪四望，家山有高台。

明性寺 [1]

一

兴进庙宇听禅学，困临流水看清波。
十分入定可有日，一片掬心未到佛。

二

老僧立寒霄，古寺漫寂寥。
莲醒看天远，鸟眠思海遥。
山影暗风语，月色冷松涛。
万千伤心事，唯有空门销。

---

1 明性寺，在葫芦岛市南票区缸窑岭境内。

海 边

天晴心亦晴，美景看无穷。
首山为云起，菊岛因海生。
楼高风争过，路宽车并行。
一任天色暮，明月共潮升。

九门口 [1]

九门无计扼燕幽，片石有恨沉江流。
兴亡岂凭河山险，大厦将倾需人扶。

龙回头 [2] 晨望

风歇雨亦收，长亭对日出。
林思高飞鸟，岸念远去舟。
小河海诚请，孤云山挚留。
盛夏宜纵目，万物竞自由。

---

1 九门口，即九门口水上长城。位于绥中县境内，是全
国重点文物保护单位。2002 年 9 月，被评为世界文化
遗产。

2 龙回头，兴城海滨重要旅游景点之一。依山傍海，风
光秀丽，是观海的好地方。

山海行

轻车盘山路，闲坐海之头。
云来有题目，雨歇无理由。
莺声皆有度，蝉鸣总不休。
岸柳愁何苦，长河已断流。

晚登兴海栈道[1]最高层

新区第一观，百看百不厌。
渔舟忙耕海，游人闲凭栏。
白鸥剪轻浪，黑云遮晚山。
兴尽驱车返，南风借不还。

秋日大凌河晚望

奔波数百里，痴情东海去。
一路鸥鸟送，两岸柳丝戏。
雁阵依山尽，楼群连云起。
独自下高堤，晚来天欲雨。

---

1 兴海栈道，总长 1670 米，北起龙回头景区，南至兴城
海滨浴场。也是兴城海滨一景。

远望海河大桥

邀日挂正午，信步长桥游。
锦鳞戏碧浪，白鸟立芳洲。
南岸层层树，北城重重楼。
举帆欲远渡，谁操入海口。

海畔吟

骄阳挺正午，树荫挡热流。
路长累车马，天阔闲燕鸥。
北岭垂云脚，东海涌潮头。
凭栏一举目，遥对菊岛愁。

早晨南河 ¹ 纪行

东风知我南河行，先遣岸边柳条青。
细雨沾衣未觉冷，闲花落地难寻踪。
浩荡车流催城醒，无边楼群接天明。
残星几点浑不动，西山峰顶眨眼睛。

---

1 南河，兴城河南段。是兴城河入海口。近年已建成沿
河带状公园和辽宁省湿地公园。

晚游兴海栈道

散步行有边，夕阳好无限。
潮退菊岛近，雾起首山远。
薄云聚天幕，疏星散河湾。
机声侵海浪，渔火照归帆。

车行东海大道

驱车接日升，徐行入秋景。
沧海自矜重，青山皆为雄。
绿野延不尽，白云来无穷。
苍鹰九霄上，搏击万里风。

游九龙山中天寺[1]

晚日依九龙，金塔烟霞中。
四山诚心举，二水深情拥。
暮钟初迎月，老僧始入定。
遥望海天处，灯火上一城。

---

1 中天寺，位于兴城市白塔满族乡九龙山南麓主脉台地之上。寺内有辽代宝塔一座，属兴城古代八景之一，现为全国重点文物保护单位。

再游中天寺

又作古寺行，山水走来迎。
香火深院举，钟磬远方听。
草木知前世，花鸟识后生。
老僧浑无事，闲倚二三松。

登碣石山远望怀古

长城扼幽燕，碣石俯城郭。
千峰仰天远，万水投海阔。
高速集城镇，古道多卫所[1]。
遥望骊山下，始皇仍高卧。

秋游古城

故园又逢秋，携客古城游。
店铺压楼矮，商贩争路瘦。
书市一家无，占卜四街走。
悲哉百年后，此城何所留。

---

1 卫所，卫所制度是明朝最主要的军事制度。卫、所分
属各省的都指挥使司，卫下辖一定数量的千户所和百
户所。

两河岸一日游

两水从此握，谁能分仲伯。
青山起两岸，白云落半河。
结队舟剪浪，成群鸟对歌。
浩浩向东去，大海不嫌多。

游建昌城西人工湖[1]

夏令身后走，秋景眼前出。
胜境不常有，人生几驻足。
青山握一水，绿树抱重楼。
高塔傍日起，长路依云修。

日　出

喷薄大海东，朵朵白云迎。
群山起致敬，众水放歌声。
城乡万户开，道路千车行。
弯月自顾影，西去不与争。

---

1 人工湖，位于建昌县城西，占地800亩，可湖上荡
舟，为市民休闲好去处。

晨登首山望远海

残月匆西下，红日渐东上。

动车始发站，客船初离港。

长城非旧国，秦岛[1]亦吾乡。

蓬莱[2]应不远，只是隔重洋。

晚登河岸一览秋景

人生易蹉跎，扶岸几回过。

长路车呼啸，大河舟扬波。

风柳对人语，飞鸥向天歌。

三五垂钓者，捞月奈若何。

东戴河[3]晨望

南开一片海，北横数面山。

循路车如织，沿岸人似攒。

轻唤群鸥来，挥手孤帆远。

---

1 秦岛，即河北省秦皇岛市。

2 蓬莱，神话传说中的神山，诗文中借以比喻仙境。

3 东戴河，为东戴河经济开发区，位于辽宁省绥中县境内。

十里酒肆满，客宿谁家院。

东戴河夏日游

百里浅沙滩，人车拥其间。
飞驰冲浪艇，平张遮阳伞。
河流入海忙，楼厦倚树闲。
鸥鸟似相识，围我前后看。

卧牛山[1]·九门口

卧牛镇山海，水城扼幽燕。
一河出浩荡，两峰耸威严。
地出一片石，天设九重关。
闯王折戟处，游人不忍看。

初夏兴城海滨

雨后天放晴，无云亦无风。
蜻蜓抵地飞，玄蝉高树鸣。

---

1 卧牛山，位于绥中县境内，燕山余脉。亦称老牛山。

楼宇横地起，车流沿路行。
东海战鹰过，滚雷撼长空。

清早登山

已约拂晓见，艳阳早登山。
众鸟河争渡，群蝉树益喧。
楼高风直上，路阔车奋先。
我与云对看，脉脉两喜欢。

南河信步有韵

信步大堤暖，南河试把玩。
垂柳逗细雨，紫燕弄微澜。
高桥车马喧，长洲树鸟闲。
我愿常如此，寄身山水间。

海月咏

银光遍秋夜，华彩满时空。
天容一家月，海纳万方星。
风催潮前涌，港唤船回程。

玉轮云遮影，不惊嫦娥梦。

建兴道中 [1]

欲行还挥手，怜君送桥头。
白狼日初吐，高速车始流。
不请"三峡"至，自荐"六水"投。
我心已飞举，先至海之头。

望白狼山有感

可知白狼道，白狼山上飘。
群山尽托举，白云多缠绕。
蜿蜒凌万壑，盘旋上九霄。
欲登白狼道，先识白狼高。

---

1 建兴道中有一峡谷，人称"小三峡"。两山耸立，一
水奔流。"六水"即六股河。

古城之夜

古城[1]入清凉，西风夜送爽。
文庙[2]鸟初定，鼓楼旗始扬。
四街回空响，万户入梦乡。
东海亦睡去，鼾声听悠长。

临山海远望

临海拾霞帔，信步上月堤。
碧浪八千顷，晴云十万匹。
高速傍山过，新城沿河起。
驻看一叶舟，浮沉风波里。

过六股河大桥远眺东海

晴好殊难遇，拾得今宽余。
三桥长虹卧，两岸高楼起。
水深鱼汇聚，林茂鸟咸集。

---

1 古城，即兴城古城。

2 文庙，即孔庙，始建于明代，位于兴城古城内东南，是全国重点文物保护单位。

却望入海口，投钓日偏西。

湖光山色寄此生

湖光山色寄此生，花草虫鱼总关情。
禅房竹院任来去，独坐独卧还独行。

山中问答

山中何所有，万物一望收。
青峰肩上立，碧水脚下流。
花香沁肺腑，鸟声悦心头。
欲留总难留，晚风别牵袖。

复登白狼山

不上白狼山，谁识世界宽。
扑面岭万道，入怀河千湾。
地阔缀城满，天高任鹰旋。
晚来明月上，一路送我还。

登九门口长城还望瑞州 [1]

晓日君莫敲，我比君行早。
风阵怯深港，车流束长桥。
鸟栖双塔老，云藏三山高。
今日凌绝顶，始觉瑞州小。

小　潭

不知是何年，小潭落此间。
莫言水清浅，和风摇北山。

游云山庄园 [2]

入园力竭难移步，不是车流即人流。
柔柳依依等我久，鲜花簇簇任君游。
中央戏台起歌舞，四面湖水翔鹭鸥。
此中美景不常有，仰看白云竟滞留。

---

1 瑞州，即绥中县古称。

2 云山庄园，在秦皇岛市境内。

登白狼山绝顶

力攀白狼最高处，天阔地迥一望收。
城村抵足宿万户，河海握手送千舟。
云拥长城从西入，山送辽水向东流。
匆见归雁脚下走，独抱晚日下高秋。

老龙湾 [1]

山抱新城天，水聚老龙湾。
松排叠叠翠，风剪重重澜。
欲眠暮云倦，将歇海鸥闲。
渔妇港口盼，天际见归帆。

游兴海栈道

辞家方寸地，驱车七八里。
新区山近邻，大道海情侣。
夕阳去何迟，晚潮来太急。
欲归还未归，笛声莫相逼。

---

1 老龙湾，在绥中县境内。

车　行

滨海大道冲东来，对天画卷向西开。
楼群真诚邀海至，重岭执意请云埋。
新城棋布河左右，高速龙腾关内外。
今日欢欣车满载，我与鸥鸟谁自在。

古城思

古城何所见，登临袖手看。
店铺商家满，馆驿游人遍。
文庙仍旧院，城墙多新砖。
鼓楼双啼燕，问我今何年。

黄湾湖 [1] 雨后晴

四山郁葱葱，一湖碧沉沉。
亭含千顷浪，林传百鸟音。
雨令小河涨，风驱白云奔。
此地动归念，早有羡鱼心。

---

1 黄湾湖，位于兴城市药王乡境内。

青山湖[1]

荒径少人过，野村多石屋。
山势随湖走，湖态因山出。
婆娑岸边柳，荡舟云上逐。
多少钓鱼客，勾留为此湖。

兴建高速[2]行

高速豁通畅，一路入莽苍。
数峰出巍巍，众水奔茫茫。
绿树向天远，白云去海长。
坦途谁赠予，唯有问白狼。

---

1 青山湖，指位于兴城市三道沟乡的青山水库。

2 兴建高速，兴城市至建昌县高速公路，全长82公里。

闲情逸致

春　望

河桥有约会，晓日尽早起。
吐香花争艳，放歌鸟斗技。
归巢燕缓缓，翻墙鸟迟迟。
信步东迎去，疑是故人至。

咏　柳

一簇春光在上头，绰约风姿属杨柳。
虽无松柏凌云势，也需十载苦中修。

清明出行

恰逢清明好时候，携友出城踏青游。
三山无言引我来，两水絮语伴君流。
一池独自居山谷，百花无边开上头。
休问桃源在何处，此中胜境何处有？

咏玉兰花

扑地风中悲，抱树雨里愁。

繁华只几日，匆匆不待秋。

东风引

破晓看桃一枝开，便知春色八方来。
杏花梨花尚未得，还请东风当信差。

晴

七日云塞空，今朝风扫清。
抵天千嶂满，耕海一舟轻。
白鹭钓河碧，垂柳拂草青。
对岸高楼起，说是大学城[1]。

春 日

春来阳气升，大野万物荣。
白云摇水面，黄鸟鸣山中。
花开始招蝶，柳绿初惹风。

---

1 大学城，位于兴城市四家村境内，现有三所大学，3
万余学生。

解情唯布谷，声声催早耕。

入　夏

万象乱纷纷，景物日更新。
摇树风施手，侵路雨追人。
呼啸河上岸，悠然山藏云。
莺声啼虽苦，不是最妙音。

喜　雨

夜雨如期至，直到天明时。
河河奔流势，山山挺拔姿。
花鸟已先喜，草木尚嫌迟。
醒罢还拭泪，涓涓浸梦湿。

夏日早望

月隐黄鸟鸣，云散红日升。
树遮长天碧，草连高山青。
疏雨去复返，残花落还生。
故园好风景，百看百动情。

立夏作

春华犹未了，夏木已蔽空。

东方雨入海，西边云吐岭。

瀑喧依天落，河闹扶岸平。

独有沧州客，沦老哭途穷。

小满[1]有感

小满即圆满，大满谁曾见。

酒饮微醉好，花开半偏妍。

日暖鸣蝉乱，风过香荷翻。

人生需留白，苦乐多相掺。

初晴后雨

无雪已恨冬，入夏连日晴。

风来缘树动，云起因心生。

雷阵过四野，雨帘悬半空。

久旱今日解，万物绽笑容。

---

1 小满，二十四节气之一。

夏初行

行云来三日，滚雷过几回。
天上雨数点，人间泪千垂。

知　了[1]

知了已知了，知了莫知了。
知了还知了，知了更知了。

喜雨有作

半月恼天晴，今来解旱情。
云至随风阵，雨落裹雷霆。
禾苗节节上，溪流岸岸平。
农家愁全减，尽道今年丰。

雨　后

翻覆乾坤手，变幻夏中游。

---

1 知了，蝉的俗称。

好云须臾走，喜雨片刻留。
夕阳藏又现，彩虹来即收。
万物盼果腹，天意只润喉。

夏　夜

夏夜微凉抵足寒，大被裹紧正堪眠。
醒来方知月去远，几点疏星隔窗看。

夏日图

村村皆画图，处处铺锦绣。
杨柳互携手，车马汇成流。
莺弄多声律，蝉操同音符。
白云有远志，不为近山留。

山中遇雨

晚来意如何，独吟亦独酌。
云吞夕阳没，雷扯青天破。
风逼海欲立，雨欺山将折。
茅亭暂留我，坐看松柏色。

雨后初晴

风起又黄昏，满天云作屯。
雷电掠空过，雨瀑动地殷。
池塘处处满，溪流岸岸深。
天公最解意，适时送甘霖。

新雨后

云雷雨停走，蓝天随后出。
树木枝叶饱，禾苗根须足。
河满岸喊够，风狂鸟道休。
农家最可乐，又遇好年头。

雨后夜景

雨云无声消，皓月返碧霄。
河疲放流缓，山倦入梦遥。
古城人酣睡，深港船轻摇。
农田庄稼长，静听拔节高。

云·雨

山容由雨洗，山梦因云做。
长风呼啸来，云雨一瞬过。

山中避暑

一池荷花开，四面柳浪来。
树密凉慷慨，屋蔽风青睐。
片云时拂面，疏雨偶入怀。
何处寻避暑，此地即蓬莱。

夏夜祈雨

白日蒸山熟，夜月捂河瘦。
好云总难住，疏雨落即走。
溪竭断倾诉，禾枯止渴求。
天无七月雨，地绝一年收。

雨后登高

闲来登临四望空，远山青黛雨初晴。

竹篱茅舍燕双栖，淡烟衰草人独行。

大雨过后有作

一日已足够，十天理全无。
拔树风出手，垮坝雨踢足。
伏地稻不起，浸水蔬难扶。
人过尚可补，天过谁能复。

大雨至

晨起忽生愁，开窗满眼忧。
惊雷不歇手，暴雨已停留。
高楼挂飞瀑，大路拥急流。
傍晚云收手，汪洋谁来收。

楼上观雨

充耳是轰鸣，入眼唯迷蒙。
飙风卷海起，暴雨摧山平。
洪水空中来，轻舟城上行。
隐隐雷声过，满天云又增。

夏　意

盛夏举目望，万物怯骄阳。
驰车路逐热，行人树寻凉。
山疲昏昏睡，水倦缓缓淌。
不解天上云，无雨空奔忙。

夏中思雨

燥风掀热浪，骄阳喷火流。
雨云被抽走，闲云总滞留。
山山举乏力，水水流有忧。
天意高亦问，雷雨明到否。

夏中有作

骄阳早登场，四季夏最长。
海邀风送爽，山请云遮凉。
渔人勤投网，农家忙理秧。
数蝉作何想，喋喋论短长。

秋日山中行

晴好山中行，处处照眼明。
河岸香稻熟，梯田金谷成。
草场牛羊满，池塘鱼虾丰。
年景已在握，不必问君平。

秋　实

雨云昨远遁，秋风今送爽。
山水得安歇，人车愈繁忙。
梨果渐丰硕，稻谷正生长。
农家因何喜，丰收已在望。

秋　兴

登高踏九重，凭栏颐八荒。
晴好天高远，宽阔海悠长。
山伟云轻薄，浪雄舟癫狂。
举眸堪四望，天地与刘郎。

秋 思

苦热盼入秋，晴好益出游。
殷勤雨点住，噪闹蝉声休。
长天势高远，小河思乡愁。
南山残云片，纠缠欲滞留。

立秋有赋

立秋曙色开，暑气尚徘徊。
树木自摇扇，芳草各敞怀。
天高殊难问，云薄更易裁。
今夜可安睡，清风入梦来。

秋日偶题

一

早看霓霞晚看云，红红白白幻亦真。
六十三载何须问，飒飒秋风老病身。

二

碧海无浪劝风歇，青山有泪扯云遮。
我劝天公速排雨，莫使苍生泪滂沱。

秋　日

偶向古城小巷来，故人樽酒共开怀。
十年相思知多少，一院霜花两鬓白。

秋　雨

冷雨夜倾诉，到晓未肯无。
草木皆得饱，稻谷尽知足。

秋晨景物

谁能天气改，四时动轮回。
水清鱼皆喜，风柔鸟尽飞。
枫叶惧寒侵，菊花怕霜摧。
今夜衡阳雁，明早应北归。

大　雁

头雁编成群，横空大写人。
雷电奋双羽，风雪结同心。
朝发泰山险，暮归洞庭深。

一飞一叫里，万里谁可伦。

秋　景

易得三春雨，难寻九月花。
稻黍入秋熟，河流向海发。
残菊引愁蝶，老槐栖乱鸦。
借问南去雁，今晚宿谁家。

落　花

潺潺碧溪水，缓缓青山云。
落花总衔恨，扑地杳无音。

落　叶

飒飒风鸣树，萧萧叶落秋。
终归尘与土，不为高处留。

秋　晨

入秋风款款，滨城天蓝蓝。
水深船行易，楼高鸟渡难。
枫叶抱树暖，菊花离枝寒。
万物萧瑟里，一切属自然。

秋天写意

谁人主时空，萧萧送秋风。
直松浑不动，垂柳曲逢迎。
怯寒鸟无语，凌霜菊从容。
横天数行雁，浩荡向南征。

秋日行

楼上初引颈，大野望无穷。
秋水二三尺，轻舟四五横。
琼田摇金稻，绿柳语黄莺。
农家多盛事，今秋年必丰。

秋日入山

路长终有尽，山多总无穷。
数峰从南来，一水向北行。
家犬吠寒日，野菊泣晚风。
薄雾和愁起，况闻鸿雁声。

过菊园

菊花替主忧，秋风送客愁。
他乡逢重九，不敢登高楼。

咏　菊

不与桃李争青春，不同黄莺比妙音。
待得九月花独秀，飘落亦作满地金。

秋晚路上

兴来驱车行，余霞弄晚晴。
枯菊尚依草，落叶犹抱风。
碎蝶过无影，寒鸦栖有声。

远望河海处，灯火一城明。

重　阳

登高空怅望，怀远费思量。
菊花应笑我，无酒醉重阳。

晨起路行

倚窗愁便成，满目尽飘零。
飞霜锁深院，落叶侵闲亭。
微阳寒塘看，凄风老树听。
安逸一老翁，独坐亦独行。

晨　望

尚念疏雨断，无意秋风还。
天阔唯有雁，地迥尽是山。
高速邻海岸，重城近河湾。
我心欲归去，沧州[1] 应不远。

---

1 沧州，河北省地级市。

夜色吟

夜里渤海忽隐踪，不见菊岛只见灯。
惧暗山峦逃天外，畏寒星月躲云层。
长河无奈风欺辱，高树伤心叶飘零。
因过学院[1]驻足看，后生自习满楼明。

银河·明月

银河与明月，天上是同乡。
善织方为女，无欲则成刚。

月夜行

半轮新月照荒村，远山近水独行人。
竹篱茅舍无犬吠，淡烟衰草裹黄昏。

---

1 学院，即位于兴城大学城内的渤海船舶职业学院。

高情远意

登角山长城¹晚宿山海关

人闲且上长城巅，事繁宜去大河岸。
重岭遍插青天外，众水尽投沧海间。
微云渐没杳杳雁，深港迟收袅袅船。
余霞成绮桑榆晚，今将衰鬓宿雄关²。

巴蜀³道中

凌空高铁跨叠嶂，过江高速入莽苍。
南方风来动八闽，西岳雪融下三湘。
朝云又起愁千片，宿雨还添泪万行。
向晚吟罢独怅望，烟村河桥似吾乡。

---

1 角山长城，在秦皇岛市山海关区境内。

2 雄关，指天下第一关——山海关。

3 巴蜀，即四川省中东部。

过汨罗 [1]

屈子 [2] 自投此水浔，浩荡汨罗怨何深。
千古悲风空余恨，百谏不移楚王 [3] 心。

渭水 [4] 曲

谁家钓客渭水滨，直钩入水笑杀人。
料定汤武 [5] 如期至，不钓凡鱼只钓君。

秋晚登老龙头 [6] 望远海有述

飘飘若乘风，登楼势凌空。
大潮孤舟挺，长天数雁横。
燕山成虎踞，长城似龙腾。

---

1 汨罗，即汨罗江，主要流经湖南省平江县、汨罗市。
战国末期，楚国著名的政治家、诗人屈原感到救国无
望，投汨罗江而死。

2 屈子，即屈原。

3 楚王，指楚怀王。

4 渭水，发源于甘肃省定西市，是黄河最大支流。

5 汤武，古代商王汤与周武王的并称。

6 老龙头，山海关入海口。

今夜投孤枕，梦湿海浪声。

寻萧军[7]故居

少时读萧军，老来一探寻。
凌河冰初结，沈台月欲沉。
枯树掩门暗，旧墙隔院深。
独踏来时路，寂寂空无人。

咏望江亭[8]

别馆依江岸，携友上高亭。
因水数峰断，缘桥多城生。
去鸟入林闹，归船对港鸣。
欲归明月来，殷勤照前行。

---

7 萧军，著名作家，辽宁省锦州凌海市人。延安时期任
鲁迅研究会主任干事、《文艺日报》主编，出席延安文
艺座谈会。有代表作长篇小说《八月的乡村》。
8 望江亭，位于湖北省赤壁市。

旅居登望乡楼¹ 书怀

辞家又几日，明月七盈楼。
黄莺随心语，碧水尽情流。
山花垂乡泪，江柳系客愁。
秋风动襟袖，归思正悠悠。

宿东湖山庄²

东湖平不动，明镜四山中。
鸟眠林无语，鱼息波不兴。
扁舟依月泊，片云逐风行。
万物俱归静，一片月临空。

秋登庐山³极顶

凭栏千里一望收，只缘身在最高处。
水依长江结对来，山从昆仑成群出。

---

1 望乡楼，位于哈尔滨市松花江畔。

2 东湖山庄，在湖北省武汉市。

3 庐山，中国十大名山之一，地处江西省庐山市境内。

万里雪域铺天路，九点烟霞浮齐州[1]。

刘郎[2]不是悲秋客，心逐飞鸿上云头。

安云寺[3]早望

曲径绿竹掩，古寺白云拥。

推窗青嶂满，开门苍江横。

林密隐鸟语，涧深藏泉鸣。

雾起下山去，相送有晚钟。

秋登泰山

我言东岳是家山，雄称天下第一观。

气吞黄河万顷浪，势掩齐州九点烟。

鸿雁列阵去天远，青山成群来眼前。

日暮寻路已难辨，白云送我下高寒。

---

1 齐州，即山东省济南市。

2 刘郎，诗人自指。

3 安云寺，位于河北省承德市境内。

车过辽河[1]

巍巍大青山，自古辽河源。
怀远去千里，容阔送万船。
因山起城镇，有水兴桑田。
故国东风满，桃李处处鲜。

老龙头有作

去官尽日闲，寄身山水间。
楼群街无语，车流路有喧。
南河思滔海，首山志上天。
持酒邀夕阳，共醉白云边。

过湘潭[2]

晨起踏月满，驱车叩湘潭。
有田皆临水，无村不枕山。
众鸟过复返，片云去又还。

---

1 辽河，被称为辽宁的母亲河。中国七大河流之一。
2 湘潭，湖南省湘潭市。

韶峰[1]约欲见，心早向日边。

过济南

山东，是我的故乡。——题记

常于心上牵，多在梦里边。
黄河携同行，泰山邀并肩。
花城[2]裹流水，蓬莱拥神仙。
今日喜相见，千里投怀间。

出　蜀

昨夜梦在吴[3]，今晨已离蜀。
日出高峡谷，潮涌洞庭湖[4]。
山退隐船后，城迎出云头。
此身何所似，飘飘一沙鸥。

---

1 韶峰，湖南韶山八景中第一景。

2 花城，广州市别称。

3 吴，古代吴国简称，今浙江省北部。

4 洞庭湖，位于湖南省北部。

上广州摩天轮塔

久有花城恋，今上轮摩天。
地远江如线，塔高山成点。
飞身入云际，开筵傍月边。
且向银河去，数日不需还。

待渡徐闻港

一

盈盈一水间，渡轮时往还。
榕城[1]珠江浮，琼岛[2]沧海悬。
碧浪弄堤岸，白鸥戏桅杆。
游客时时望，只待汽笛喧。

二

疏星只数点，余霞存远山。
照岸灯火满，映海皓月圆。
星知天高阔，舟识海深浅。
游人南指点，隐隐见港湾。

---

1 榕城，福建省福州市别称。

2 琼岛，海南岛。

夜宿海棠湾 [1]

一

地阔宜远眺，楼高对孤岛。

天悬半轮月，海涌千里潮。

长岸阻喧闹，大山挡浩渺。

听浪眠不得，归思正滔滔。

二

佳晨信步行，赫日正当空。

时时闻鸟语，处处有泉声。

椰风洗心净，红花照眼明。

海棠好风景，留此慰平生。

三亚湾 [2] 即景

寂寂三亚湾，节日几留宾。

泳人战浪阵，轻车系棕林。

群楼贴星近，数峰插海深。

日暮风乍紧，乌云又作屯。

---

1 海棠湾，位于海南省三亚市北部。

2 三亚湾，指海南省三亚海湾。

琼岛纪行

一别十载后，琼岛又来游。
五指[1]凌云立，万泉[2]向海流。
横地千村变，临岸百城优。
游人车外指，斩浪数飞舟。

游湖州[3]

残冬去无影，早春来有踪。
南风十日暖，北岭万山青。
花树掩高速，河流绕孤城。
尽道湖州好，不虚做此行。

---

1 五指，指五指山，位于海南岛中部，因峰峦起伏形似五根手指而得名。是海南岛第一高山脉。海拔1867米。

2 万泉，指万泉河，位于海南岛东部。发源于五指山，全长163公里。

3 湖州，浙江省地级市。

入陕游青草湖 [1]

昨夜已入秦 [2]，今朝得望陇 [3]。
四山翠屏立，一水碧玉平。
群雁衔云过，孤舟碎浪行。
故园渺何处，北看总是峰。

中秋夜游山海关

两城南北峙，一水东西流。
星拱九门口，灯拥四方楼。
萧萧枫叶晚，寂寂菊花秋。
天上最圆月，正挂城上头。

过剡溪 [4]

北游长白上云端，南穷琼岛到海边。
此处山水一经眼，天下山水何须看。

---

1 青草湖，位于陕西省境内。

2 秦，秦岭，指陕西省。

3 陇，陇山，今指甘肃省。

4 剡溪，为浙江省绍兴市嵊州境内主要河流。

登澄海楼 [1]

此地云水平，凭高动客情。
渔舟日边驰，动车云里行。
轻风拂海碧，细雨润山青。
关内第一景，幽并无力争。

旅途有悟

朝辞河桥柳市风，晚宿山麓松月坡。
读书长恨千卷少，旅游不嫌万里多。

秋夜泛舟

渡口晚发舟，无风江自流。
千波皆含月，百虫各鸣秋。
山多遮望眼，水长阻心忧。
满载思乡梦，雨夜下扬州。

---

1 澄海楼，位于山海关老龙头景区。

江畔忆旧

花甲始知命，半生回首看。
十载耻位卑，六地惜官闲。
苍苍今老叟，翩翩曾少年。
唯将两鬓雪，付与钓鱼竿。

去沈途中

千里似不远，高速弹指间。
飞跨道道水，纵横叠叠山。
城村两边闪，桥隧一线穿。
沈城[1]如初见，楼宇万万千。

沈城有感

离沈已三载，今来何所见。
劈山造景观，连云起楼盘。
路延河搬远，城阔海让宽。
下视方寸地，上看一线天。
驱车连夜返，邀月说变迁。

---

1 沈城，指沈阳市，辽宁省省会。

长青湖 [1]

问余何处避夏蒸，十里长湖最解情。
山高万仞趋天近，水深千寻与海通。
粼粼碧波鱼一跃，婷婷绿杨鸟数鸣。
最是东边好风景，云霞画出四五峰。

登老龙头北望故乡

饭后身心闲，登高眼界宽。
大潮上港岸，长风掠河湾。
渔火生近岛，云雷起远山。
料定今夜雨，老妻应不眠。

闾　山

雁群横天阵，凌河 [2] 动地殷。
闾山闲无事，胡乱插云深。

---

1 长青湖，在辽宁省大连市境内。

2 凌河，指大凌河，流经辽宁省锦州市。

登大面山¹绝顶

我登大面山，始觉宇宙宽。
渤海装杯盏，白狼走泥丸。
高速天一线，锦城²烟九点。
凭此莫自满，再攀天外天。

旅夜书怀

羁旅醉复醒，起身窗微明。
独坐陪月影，冥思寻梦踪。
浮冰凝河道，堆雪积山中。
欲晓鸡懒报，迟迟不作声。

天女峰³

一山复一山，一山高一山。
三百六十山，天女山上山。

---

1 大面山，位于辽宁省北镇市境内。

2 锦城，指辽宁省锦州市。

3 天女峰，为河北祖山最高峰。

登 楼

朝登此楼看，暮还此楼间。
山山尽望断，不是我故园。

游

出门日暖暖，拂面柳依依。
浅潭难涌浪，片云不作雨。
杨絮因风起，山花只草迷。
殷勤布谷鸟，声声催春犁。

宿山城宾馆

楼台谁旧国，河山非故园。
峰危压城窄，野阔拓江宽。
广厦横云际，高路去月边。
归思正无限，雁声到窗前。

青城 [1] 登楼有赋

老来拼作少年行，百尺楼高一望空。
半轮白日划吴楚，百里青城分阴晴。
东岳峰极许云抱，长江水满唯海容。
明早乘舟汉阳去，青山相送黄鹤迎。

秋日重庆登楼

百尺楼前大河忙，远山近水入莽苍。
最恨浮云遮望眼，北雁尽处是故乡。

江南读史

一

勾践 [2] 功谁是，夫差 [3] 败何怨。
文种 [4] 剑下死，西施 [5] 水底眠。

---

1 青城，指青城山，位于四川省成都市都江堰市西部。

2 勾践，春秋末年越国国君，春秋时期最后一位霸主。

3 夫差，春秋时期吴国末代国君。

4 文种，春秋末期著名的谋略家。

5 西施，春秋时期越国人，古代四大美女之一。

二

兴越[1]情何极，亡吴[2]恨无边。

惜哉浣纱女，石沉千载冤。

三

患难共挥剑，富贵双飞燕。

范蠡[3]五湖去，西施谁复怜。

重上井冈山

井冈[4]迫诸天，绵绵到日边。

千峰此为根，万水兹发源。

五哨云如海，三湾[5]竹成斑。

晃晃百年过，英雄讵能还？

---

1 越，指春秋末期诸侯国之一越国。

2 吴，指春秋末期诸侯国之一吴国。

3 范蠡，春秋末期越国谋士。

4 井冈，指井冈山，江西省境内 5A 级风景区，国家自然保护区，中国革命的摇篮。

5 三湾，即江西省永新县三湾村。我军著名的"三湾改编"发生地。

舟行去武汉

微风起江隈，晚日没山外。
初月随潮至，叠嶂任云埋。
船在树梢行，星入水中来。
黄鹤[1]待我久，今夜梦入怀。

咏辽河

奔流百川入，源自高山崖。
润泽一方土，浇灌两岸花。
春汛唤鸭鹅，秋水属鱼虾。
终归大海去，浩瀚即是家。

小憩高速服务区

暂憩服务区，人车共歇息。
四山因何来，一水为谁去。
小村落谷底，高速穿云里。
偶有片云过，刻意不带雨。

---

1 黄鹤，指黄鹤楼。位于湖北省武汉市。

归　思

故园在何处，归思正悠悠。
汉口秋雨夜，一雁过西楼。

路行感赋

天阔笼八极，路远奔四方。
雄鹰飞无限，动车行有疆。
群楼逼山退，暴雨催河涨。
万千夏气象，说尽非文章。

宾馆大堂梅花

一株盆中梅，故意迟迟开。
不请春风发，何须夜雨来。
花使游客醉，香令半楼痴。
傲立大堂里，外人谁能识。

行

抛得连日雨，拾起今日晴。

数峰远相送，一水近城迎。

岸柳钓鱼影，路杨送鸟鸣。

车船南北驰，各自惜前程。

情意延绵

海边深秋有怀

严霜菊花摧，寒风黄叶欺。
潮送帆远去，云邀雁来迟。
群山尽北向，众水皆东依。
殷勤送晚日，明春与君期。

赠　人

英雄虽老心犹丹，微阳夕照霞满天。
与君他生相逢日，杨柳春风一少年。

秋日登高兼怀友人

十月谁解菊花愁，一夜寒霜尽白头。
落叶片片燃晚日，暮雨滴滴泣深秋。
凄风何事踏水来，悲鸿衔恨天际无。
而今登高试回首，山高路长君何处。

上母校¹北山

十载又作母校游，马家新城动高秋。
车来车往弄长路，鸟去鸟回戏高楼。
天开云雾紫金²出，地裹风雨凌水流。
独上北山泪盈袖，当年同窗半在否？

秋日登楼远眺怀瑞州旧友

黄昏听雁生客愁，归思浩荡起危楼。
天遣碣石浪里住，地辟秦岛云上游。
风绿三山无穷树，雨足六水不尽流。
今日登高试回首，晚霞红处是瑞州。

江上送客

人辞落照里，风起波谷间。
舟移乡思里，雁鸣客愁边。
水急寻海抱，山飞愿云缠。
从此东南望，君去应有年。

---

1 母校，位于锦州市马家新城。
2 紫金，指紫金山，在锦州市北。

和友人有约

莫忘长江约，问君意如何。
夔门[1]束万水，巫峡[2]送千舸。
白云忆神女，高楼思黄鹤。
今梦洞庭月，秋风浩烟波。

赠建葫市时老友

与君初相识，锦城全盛时。
劈海立深港，开山筑新市。
群楼入云里，高速向天际。
而今人共老，相见已无几。

登瑞州城楼念树槐

苍烟落照间，瑞州只独看。
河源青山畔，城出碧海边。
秋鸿几南返，春风数北还。

---

1 夔门，瞿塘关又名夔门。是古代东入蜀道的重要关隘，素有"夔门天下雄"之称。

2 巫峡，重庆市巫山县城东大宁河起，至湖北巴东县官渡口止，全长46公里，有"大峡"之称。

凭楼一长望，不觉泪潸然。

车行浙江滨海公路访旧友

驱车高速行，日暮且孤征。
山低缘云压，海立因风挺。
黄叶飘有影，寒雨落无声。
老友情切切，出口携妻迎。

宿故人山庄早望

夜雨洗清嶂，晨鸡声悠长。
潮声直进门，山色欲侵窗。
乘风上极顶，踏云抱朝阳。
我心今有寄，此乡即吾乡。

携友登首山烽火台

上古谁人筑高台，我辈登临曙色开。
众水苍茫向东去，群山巍峨自西来。
秦皇碣石万里浪，袁公古城千尺柏。
无限愁思心中起，且借长风暂遣怀。

登观海楼寄故人

谁解登临意，踏月高处去。
波涛拍礁切，海鸥迎浪击。
归港渔舟慢，返村农夫急。
凭栏久久望，昨与故人期。

旅途中赠友

长途新运站，大河古渡口。
人流让车流，客舟欺渔舟。
登山怕登楼，看花不看柳。
登楼望故国，看柳怕君留。

登高怀杨维

平临老龙头，壮压古瑞州。
远山可有主，近海谁铺就。
云断九门口，河归六水流。
日落西山口，风叶正鸣秋。

赠 君

百里亦嫌远，三日即为长。
凭君莫北望，一望一断肠。

登高台怀向阳先生感赋

驱车辞远海，看春登高台。
众鸟接踵至，诸花次第开。
碧溪映柳绿，青峰抱云白。
故旧几人在，去年曾同来。

秋日送友去洛阳

君来春相接，君去秋同行。
叶落山偏瘦，水凝河见冰。
松柏共欺雪，杨柳争宠风。
老友孤鹤影，今夜到洛城。

携友夜游首山

是夜游首山，只因酒半酣。

峰高人近月，谷深树含烟。
渤海自安澜，古城尚未眠。
飘飘九垓上，羽化而登仙。

感　旧

故人远去无影踪，暂且取酒独自倾。
东风不管世间事，已遣河岸柳条青。

回故乡忆老同学

桥忆凭栏啸，路思携手行。
灯前千卷读，垄上十年耕。
北岭松柏老，南河杨柳青。
旧友有谁在？十人三二应。

悼故人

高卧青松坡，此生欣所托。
悲君黄土没，叹我白发多。
北峰泻云瀑，南河浩烟波。
暮霭从山下，临风洒泪何。

哭慈母

青峰葬吾母，翠柏绕墓庐。
悲极白日暗，泪尽沧海枯。
厚德八方载，博爱十乡覆。
我身今何处？天地对山孤。

携欲仑先生登首山感怀

登临遍三首[1]，与君纵目初。
青野抱寺院，浮云连山湖。
潮来菊岛远，雾散古城出。
日升与日落，谁来主沉浮？

与向阳先生月夜泛舟

疏雨和夜共，扁舟与君同。
风起细浪涌，月穿微云行。
孤村挂石壁，数峰插水中。

---

1 三首，兴城首山又名三首山。因三峰并立、状若人首
而得名。

今夜何处宿，好书伴台灯。

晚登东山怀树槐

分别云拭泪，重逢水含情。
谈笑星月疲，纵饮酒杯空。
何事人渐老，谁属岁无穷。
白发送晚日，不觉热泪盈。

赠　友

春浅临巴蜀，秋深泛潇湘[1]。
消息总不定，教我梦何方。

游蜀赠友

美景看过已解忧，好酒饮罢可消愁。
城村比邻无穷树，天水相接不尽舟。
大河常怀去海志，墨云新来做雨谋。

---

1 潇湘，潇指湖南省境内潇水河，湘指湘江。一般用作
湘东、湘西、湘南三地区合称，后泛指湖南全省。

君在潇湘我在蜀，此中离恨共难收。

在沈与杨维故人置酒

高楼送日晚，华灯接星灿。
喜逢如初见，欢言似当年。
两市恨遥远，一人愁孤单。
欢聚事已罕，莫放酒杯干。

携友游黄家湾

夜行月已倦，睡足日当班。
辞家海之畔，驱车山那边。
风起青嶂里，水聚黄家湾。
湖静君心静，云闲我身闲。
浪平惊鱼跃，林深隐鸟喧。
长啸唤清风，振足上画船。
欲去彼遥岸，传讯鹭争先。
辽西都走遍，此乃第一观。

忆 君

道是春归君亦归，谁知春归君未归。
门前老柳争吐絮，檐前新燕斗衔泥。

观沧海

携友临海岸，放眼天地宽。
白云来无限，碧波去有边。
船缓入港憩，鸟急栖树安。
三五捉蟹人，潮退争抢滩。

赴友人约去凤凰城¹ 途中

入秋日日晴，半月君数请。
举帆大江阔，驱车高速平。
一掬相思泪，十载同窗情。
杳杳天低处，应是凤凰城。

---

1 凤凰城，辽宁省丹东凤城市。

醉饮老同学酒厂

数幢青砖房，挺立大路旁。
水选清河浪，酒酿建平[1]粮。
香溢十道岗，名传百里乡。
今日与君饮，醉罢卧夕阳。

赴围屏齐屯[2]学生家

进屯过桥头，师生可聚首。
两山相对出，一水独自流。
乡道杨柳掩，村田稻谷熟。
遥望是君家，菜香十里秋。

山中赠树槐

世事已物外，山中且开怀。
月听松涛起，风传花香来。
百年驹过隙，千载复谁在。
故人望不见，独把金樽开。

---

1 建平，即建平县，隶属于辽宁省朝阳市。
2 围屏齐屯，即兴城市围屏乡齐屯村。

蜀中山庄逢故友

他乡偶相逢，金樽最解情。
路行万里远，书读千卷轻。
愁添两鬓白，酒令双颊红。
明早又分手，今夜杯莫停。

登南河高堤北望

驻车柳荫下，高堤北望空。
人分千里外，愁在一杯中。
南河集鸥鸟，古城遍旗旌。
遥怜宦游客，应与我心同。

回故园看老友

假日去哪边？晴好回故园。
三峰翠屏北，一水玉带南。
农田高粱长，乡路车马喧。
老友怀旧念，携子接村前。

有　感

一花不是春，独木难成林。
诸君共奋起，其利可断金。

山行送友

读书日复日，不知时序移。
伤春还伤别，相逢是何期。

宿故人别业

故人得归隐，结庐依湖滨。
鸡鸣天欲曙，莺啼树关春。
山迎旅游客，水留钓鱼人。
时有雨点落，洗身又洗心。

怀山东诸友

故国一别三十年，地北天南路八千。
关山难越独杯酒，萍水不逢各飞雁。
碣石东海涌天外，白狼辽西近日边。

秋风不管离愁事，落菊满地无人捡。

别　友

一
地寒花开尽，天迥雁去无。
别君在何处，汉水[1]一古渡。

二
江水载离愁，风叶鸣悲秋。
我心寄鸥鸟，来去逐客舟。

三
江风送帆远，山月对客愁。
今夜梦何有，骑鹤下扬州。

成都友人

君家远天涯，我家首山下。
高速车能载，大海船可达。

---

1 汉水，又称汉江，长江的主要支流。

古城千门柳，新区万人家。
君若明早来，菊花连夜发。

回故乡忆同学

衰迟去何处，归卧故乡秋。
听河诉往事，看山忆旧游。
十载耕读苦，四季衣食忧。
今来频却步，同窗几在否？

赠李景岩先生

三年频入梦，今朝得重逢。
握手欢何限，拥抱泪无穷。
河岸书共读，田间犁同耕。
遥忆旧时事，依然觉年轻。

送故人

身影一朝别，风烟万里隔。
但看君去远，天与水相接。

情牵梦绕

故乡情

寂寂何所欢，择日返故园。
一水急南去，片云迟北还。
黄鸟噪高树，夕阳衔远山。
入村逢老叟，相惊各问年。

车过故乡

人在心里头，家在窗外头。
急赴商贾事，不得故乡留。

晚次山村

河因重来喜，桥缘再渡怜。
炊烟傍村起，晚霞近山燃。
鸟宿杨树干，羊归牧人鞭。
谁家呼童晚，新月惊腰弯。

晚春山居

湖月离人只半步，岩松去天不盈尺。

寂寂万物共眠夜，泼剌一声鱼争食。

孤村冬意

天高抹微云，地敞著孤村。
山老两雪鬓，海缩一冰身。
追风雀数尺，逐日鹰重云。
吟啸兴未尽，风起已黄昏。

山中宿

无水无电，彻夜难眠。——题记

无伴村睡迟，烛泪任流之。
踹门恨风脚，敲窗怨雨丝。
将夜犬吠月，欲晓鸡鸣日。
天明下山去，独与野花辞。

日暮村行

夕烟起东岭，万壑入苍冥。
鸟惊新月白，犬吠夕阳红。
衣厚人步重，叶减树体轻。

兴来无远近，结伴二三星。

山中即事

花乱渐埋径，草盛上干云。
两峰瀑挂布，万壑松声吟。
暮霭钟鸣寺，炊烟羊归村。
同来看相问，可是桃花源。

山行有作

云风时商量，阴晴频登场。
雷雨千山撼，松声万壑响。
鸟来携曲悦，蝶去递花香。
此地堪高卧，何须是吾乡。

山村夏景

入夏阴少晴，浮云伴雨行。
燕鸥成群舞，禾苗连片生。
皎皎山吐月，冥冥水浮空。
牧童驱羊返，一路踏歌行。

静夜思

凭栏雨潇潇，乡思正滔滔。
沧江长叹老，青峰自诩高。
守时看秋雁，践约听春潮。
谁怜天上月，只身挂寒霄。

怀《牧歌田园》[1]曲

滨城十年拼，原址千家村。
楼宇驱新稻，道路伐老林。
商贾街港满，车马日夜轮。
谁唱《牧歌》曲，诛人更诛心。

过市场监管局（原工商局）办公大楼

高楼挺如昨，单车门前过。
十年清闲少，诸事纷乱多。
兴衰都易逝，毁誉终难说。
秋风满寒意，向晚白发何。

1《牧歌田园》，诗人的一位同学所作。

一日春游

游春去何处，驱车海之头。
两水嘈嘈来，四山隐隐出。
看花先问路，寻村当访柳。
渔家晒新网，房前屋后铺。

兴城红军楼院春晓

东风初进门，即觉庭院新。
娇嫩碧桃发，婉转黄鹂吟。
雨微草含翠，风轻柳吐金。
唯愿春常在，此地寄老身。

大野行

恋家枉春色，出城叩旷野。
杏花嫣然笑，黄莺婉转歌。
河盈碧浪阔，山育白云多。
袅袅炊烟上，鸡鸣见村落。

小区秋晚

夕阳半遮面，新月正上弦。
雁阵天去远，车流街争先。
鸟宿树初静，人归楼始安。
老夫待孙至，闲看云往还。

宿九龙山庄

月迷三杯饮，山舞九龙春。
醉看蝶过处，野花似笑人。

早春山村行

一路莺啼过河桥，几点疏雨悠闲飘。
向天白杨自伟岸，扶地青草各妖娆。
有巢家燕檐间语，无主野花风中摇。
布谷阵阵催春早，何处机耕响云霄。

山村夏日

春光看又过，夏令来如约。

追侣蝶影乱，拥伴鸟声歇。
面风絮欣舞，对雨花悲落。
北壑新溪涨，出山一路歌。

村居情思

衰迟卧故乡，更为惜春光。
依依河畔柳，婷婷路边杨。
独鸟抱树唱，一蝶吮花香。
何处歌声朗，山脚读书堂。

夜读《红楼梦》

十载披阅十载忧，人间天上同一愁。
秋风秋雨呜咽处，应是雪芹泣《红楼》。

南楼感赋

雁传数声苦，雨添几点愁。
唯有天上月，送我到南楼。

远　望

登高怀远上高台，云散虹收曙色开。
推窗招手群山到，出门一呼大江来。

山村所见

过山见村庄，幢幢红瓦房。
鱼戏深潭水，燕弄参天杨。
一畦麦苗秀，十里菜花香。
农夫事垄亩，不使今年荒。

过月山庄园

一方山水君尽占，十里庄园不同天。
谁人用得并刀弯，剪此画图独自看。

咏白杨

万木聚一乡，此树为榜样。
百尺盘地根，千寻参天杨。
枝高鸟声远，叶茂绿荫长。

皆说栋梁好，谁知经雪霜。

路　思

一番桃李争闹春，四时杨榆携蔽空。
只待十月秋风起，稻谷金黄高粱红。

居山海新城试望

客居整三载，老城逾百年。
天阔楼却窄，地少路何宽。
路杨一生站，车流四季喧。
客愁日日减，久别心渐安。

秋夜登高有赋

绝顶高极天，登临近日边。
半海波浪静，一山风月闲。
南河流渐缓，古城梦正酣。
野径有行客，独来亦独还。

小 池

骤雨近及远，小池乐无边。
弄水荷几片，扶岸竹数竿。
迷花蝶影乱，恋树鸟语甜。
行人争桥看，游鱼竞近前。

山村即景

村东老叟倚杖听，邻家婴孩啼新生。
移步且迎儿孙去，躬身走进夕阳红。

过葫芦岛市新区

伐村五月成，筑城十年功。
楼高与云齐，河宽向海通。
树木自繁盛，道路任纵横。
高铁雷霆过，撼地动车行。

高层住宅有作

楼入几重天，新家近日边。

白云阳台住，明月窗外悬。
巍巍山数点，浩浩水一线。
居此十年满，早已视家园。

小　院

家贫何所有，小院盛菜蔬。
柿秧明结果，萄叶暗藏珠。
蝶舞炽花处，蝉唱高树头。
时有片云来，无雨含羞走。

野　草

隆冬隐倩影，盛夏露新容。
雪压根尚在，春来叶还生。
树底甘为仆，花下乐相从。
世罕有情物，谁人知姓名。

北地村早望

晨起去何处，登高展双眸。
鸡鸣东山曙，犬吠北地秋。

大田奉稻谷，小园献果蔬。
只要今年丰，农家更何求。

夏日新区游

登高览胜迹，恣游过新邑。
山羡海浩渺，海慕山崔嵬。
楼欲入云砌，云想与楼齐。
万物明此理，相扶亦相依。

车过新区 [1]

秋思年年异，秋色岁岁同。
古城缘山起，新区因河兴。
客舟翻雪浪，动车起雷声。
回望天低处，数峰与云平。

家中乘凉有作

夏去过重岗，秋来关层窗。

---

1 新区，指葫芦岛市新区。

疏雨入院润，清风穿堂凉。
蝉鸣成绝响，蝶舞看倍忙。
邻家有一景，老柳挂夕阳。

村　居

村居断友朋，索然似野僧。
山贫鸟不落，田薄谷难生。
众水投海阔，百花向春荣。
西北有浮云，紧抱最高峰。

初秋农家

初秋入恬静，未有一丝风。
片云去天末，群鸟投林中。
四山总无语，一水不住鸣。
农家皆喜庆，村头说年丰。

洪水过后有赋

洪水肆虐后，足迹到处留。
村庄成泽国，道路变河流。

稻谷田间叹，梨果山上愁。
风折数杨柳，伏地哭不休。

雨后田野即景

天公坏观念，连雨视等闲。
田间禾生怨，风中柳摇烦。
渴足山愁满，容多河恨宽。
沉雷声又起，云屯已近前。

故乡早秋登高

登临得亨闲，凭栏抬望眼。
楼高逼诸天，路多欺广田。
蝉乱千树噪，风闹万浪翻。
大海何吝啬，只容二三帆。

临海新居晚望

轻车做伴侣，大海成邻居。
落日已乏力，涌潮正发威。
客船急归港，弯月新当值。

暮从首山起，万物入迷离。

山村早秋

小村阵雨后，清风送早秋。
花生暗孕宝，大豆悄含珠。
高粱穗初作，玉米须新吐。
闲蝉鸣何苦，一曲旦及暮。

久旱喜雨一日有感

迟雨旦连暮，其声最解愁。
树茂补山瘦，水丰添河枯。
草木尽昂首，稻禾皆饱腹。
遥怜故园夜，乡亲应睡熟。

山花山鸟

山花最相亲，山鸟总知音。
我心正如许，不学武陵人。

雨后山村展望

风声伴雷声，风停雷亦停。
鸟噪林愈静，雨洗山更青。
白水鸣村外，彩虹跨天东。
料定农家事，今秋禾必丰。

中秋月夜独行咏怀

遥夜总难眠，散步啸凉天。
清风林间啸，明月岭上圆，
河鱼时一跃，山鸟数竞喧。
万壑寂寥满，且随片云还。

窗　前

雄鸡一声晓，黄犬百吠闲。
风前柳最爱，雨后竹堪怜。
稻谷压田重，果蔬缀院满。
二三无名鸟，何事落窗前。

晚 村

停车逗河村，假期有闲意。
浩荡东归水，逶迤云北低。
人归田野暗，鸟静树林稀。
三五垂钓客，钓月不钓鱼。

思

时序任意移，景物随处改。
风多早间起，雾偏晚上来。
无雷云亦雨，有雪梅不开。
大千世界里，无妨亦无碍。

饮 酒

且向花前饮，时序已晚春。
昨夜殷勤雨，万物又更新。
江河去有处，岁月过无痕。
百年一弹指，何如醉中真。

秋日登高怀远

恣行无近远，抬头见鸿雁。
高低村数点，纵横路一线。
犬吠苍山晚，鸡鸣秋水寒。
凭高四望尽，疑入武陵源¹。

新　城

十里荒草坪，五年起新城。
路阔车并驰，树高鸟争鸣。
银鸥爱湖碧，白云恋山青。
七月气候异，半日几阴晴。

过锦华厂²旧址

一

不向锦华久，几回梦重游。
人去双溪想，楼空两山愁。

---

1 武陵源，指陶渊明笔下的桃花源。
2 锦华厂（三线建设时所建），位于兴城市华山街道
内。

如昨青松守，　恋旧白云留。
何处无名鸟，　见我啼不休。

二

斜阳总偏瘦，　独倚二三柳。
旧址遗松老，　荒径没草枯。
唯有风相问，　偶见雨来投。
日暮愁仍集，　寒云聚山头。

三

驱车匆回顾，　故园在招手。
岳峰似严父，　清河如慈母。
才学拜师傅，　衣食谢垄亩。
进村谁家宿，　问月不开口。

听　笛

明月双溪水，　清风八重楼。
何处笛声怨，　一夜动客愁。

松　影

抱树识根深，　过溪知水浅。

不觉明月上，松影洒衣斑。

读　书

观书漫古今，吟诗秋复春。
不问人间事，耕读自乾坤。